Saskia Wagner

Die Leiden der

jungen Lotte

Bibliografische Informationen der
Deutschen Nationalbibliothek:

Die Deutsche Nationalbibliothek
verzeichnet diese Publikation in der
Deutschen Nationalbibliografie.
Detaillierte bibliografische Daten sind
im Internet über dnb.dnb.de abrufbar.

TWENTYSIX

TWENTYSIX

Eine Marke der Books on Demand GmbH

© 2021 Saskia Wagner

Herstellung und Verlag:
BoD – Books on Demand, Norderstedt

ISBN 9783740784645

Die Leiden der jungen Lotte

Prolog

„Ich wünschte, wir könnten die Zeit zurückdrehen." Eine einsame Träne lief über ihre Wange. Er wischte sie vorsichtig mit seinem Daumen weg.

„Wir können alles noch einmal durchleben. In unseren Erinnerungen. Immer wieder und wieder."

„Aber es sind trotzdem nur Erinnerungen." Sie blickte verloren in seine entschlossenen Augen.

„Wer wären wir ohne diese Erinnerungen?" Sie erinnerte sich daran, wie sie ihn zum ersten Mal sah, zum ersten Mal küsste, an all die ersten Male, die sie zusammen teilten. All die gemeinsamen Erinnerungen. Sie würde ihn nie vergessen können.

„Ohne dich werde ich nur noch in meinen Erinnerungen an uns leben."

„Ich weiß." Dann drehte er sich um und ging.

Der Anfang

Manchmal ist das Leben und die Liebe wie ein kaputter CD-Player; relativ am Anfang spielt es bereits das Lieblingslied, welches man am liebsten immer wieder hören möchte. Doch die Taste, um Zurückzuspulen funktioniert nicht. Es kann nur einmal gehört werden, wie oft man auch draufdrückt. Die Lieder danach sind teilweise gut, teilweise schlecht, aber keins kommt mehr an das Lieblingslied vom Anfang heran.

Wenn das Leben ein Buch wäre, gliche keine Geschichte einer Anderen. Jeder hat seine eigene Geschichte, die auf unterschiedliche Weisen ablaufen. Es gibt natürlich Motive, die immer wieder auftauchen, doch jede ist anders mit dem Geschehen und den Handlungen verflochten. Keine Geschichte gleicht der anderen. Das Folgende ist meine Geschichte mit dem Motiv einer verlorenen und unerwiderten Liebe. Sie ist mit meinem eigenen Geschehen verflochten und auf meine eigene Art erzählt.

Ich erinnerte mich noch daran, wie alles begann. Wie die ersten Töne meines

Lieblingsliedes anklangen. Doch war es wirklich ein Anfang? Haben die Dinge nicht schon vor dieser ersten Begegnung angefangen, so dass sie in diesem ersten Aufeinandertreffen endeten? Vor jedem Anfang gab es bereits etwas, ebenso gibt es immer noch Dinge über das Ende hinaus. Sie wirken noch lange über jenes Ende hinaus. So gibt es im eigentlichen Sinne weder Anfang noch Ende. Zwar gibt es Sachen, die beginnen und wieder enden, aber deren Wirkungsbereich überdauern beides. Wir setzen uns selber Grenzen, die es nicht gibt. Diese Grenzen resultieren aus unserer eigenen Sterblichkeit, um unsere eigene begrenzte Endlichkeit. Aber, dass die Dinge über unser Leben hinauswirken und lange vor diesem bereits wirken, ist uns nicht unbedingt immer klar. Wir suchen im ganzen Universum nach Anfängen und Enden, weil wir die Unendlichkeit der Dinge nicht imstande sind, sie zu begreifen.

Und doch fangen wir an die Zeit zu zählen. Und ich erinnerte mich an den Tag zurück, an dem meine persönliche Zeitrechnung entstand. Das Christentum hat bereits das Jahr Null mit der Geburt ihres Messias eingeleitet. Sie gründeten ihre ganze Existenz auf dieses eine Ereignis, dass sie erst ab da anfingen die Jahre zu zählen. Obwohl die Dinge davor ebenfalls von Bedeutung waren, fingen sie erst nach der Geburt an zu zählen. Nicht weil sie irgendwo anfangen mussten, sondern weil sie diesem einen Ereignis eine so große Bedeutung

beimaßen. Alles davor schien in den Hintergrund zu rücken.
So war es auch bei mir ab diesem Tag. Auch wurde mir die Bedeutung dieses Tages erst im Nachhinein bewusst, jedoch nicht an dem Tag selber. Und doch sollte dieser eine Tag mein Leben für immer verändern. An dem Tag als die heutige westliche Zeitrechnung begann, hat auch niemand die Auswirkungen auf alle zukünftigen Ereignisse erwartet, weshalb zu dem Zeitpunkt selbst niemand anfing zu zählen. Die Bedeutung jener Augenblicke kommen erst mit der darauffolgenden Ereigniskette zum Vorschein.

Das Leben besteht aus verpassten Momenten und ungelebten Träumen. An dieser Stelle wäre bereits alles gesagt, was es zu sagen gibt. Die Quintessenz kommt nicht wie üblich an den Schluss, sondern gleich zu Beginn der Geschichte. Damit soll nicht der Eindruck entstehen, es würde an dieser Stelle reiner Populismus ohne jegliche Begründung betrieben werden. Das wäre anmaßend und würde der folgenden Geschichte nicht gerecht werden.

Die meisten Leser wissen schon beim ersten Satz dieser Geschichte, worum es gehen wird: die Liebe. Schon wieder. Als würde es auf der Welt nicht schon genug schwülstige Liebegeschichten geben. Aber warum misst der Mensch der Liebe überhaupt so viel Bedeutung zu? Dazu gibt es verschiedene Erklärungsansätze: Biologen würden den Sinn der Liebe in der Evolution verorten, als Mittel zur Fortpflanzung und die Weitergabe unserer Gene; Soziologen würden den Ursprung der Liebe ein Bedürfnis nach Nähe und kulturellen Zusammenhalt nennen; Psychologen würden das soziologische Modell um einige Faktoren erweitern. Und doch befriedigt keine dieser Antworten die romantisch angehauchten Gemüter. Kann so etwas Komplexes auf eine einfache Definition minimiert werden? Die Frage bleibt: Was ist Liebe? Vielleicht in genderspezifschen Unterschiede: Männer die in der Liebe die Erfüllung ihrer Sexualität sehen, während Frauen diese in der Erfüllung ihrer Gefühle empfinden. Kann das alles wirklich so vereinfacht werden?

Worte sind in diesem Falle unzureichend.

All diese Ansätze beweisen nur eins: Es gibt keine hinreichende Erklärung für die Liebe. Wir kommen nicht umhin zu akzeptieren, dass keine vereinfachte Erklärung an das herankommt, was wir fühlen, wenn wir lieben. Keiner dieser Ansätze kann auch nur ansatzweise dieses weite Gefühlsspektrum erklären. Aber vor allem kann keiner dieser Sachen das Wichtigste erklären: Wir treffen jeden Tag so viele Menschen, begegnen ihnen an jeder Ecke und doch verlieben wir uns ausgerechnet in diesen einen Menschen. In keinen Anderen, sondern genau in diesen Einen. Niemand sonst kommt an ihn heran. Es gibt nur diesen einen Menschen. Diesen einen Menschen bei dem das Herz rast, die Welt stehen bleibt, das Universum für einige

Augenblicke nur dort in diesem Moment zu existieren scheint. Es hätte jeder andere Mensch sein können, aber es ist dieser eine Mensch. Niemand sonst. Also was ist Liebe? Ich kann lediglich für mich sprechen, was dieses Gefühl ist und wie es sich anfühlt. Wenn dieser eine Mensch auftaucht und den ganzen Raum für sich einnimmt. Dieses Gefühl in dem das Herz wild klopft und einem zeigt, wie sich Liebe in ihren höchsten Tönen anfühlt. Als würde nichts anderes in diesem Moment existieren. Alles andere tritt bedeutungslos in den Hintergrund. Der Hintergrund verschwindet immer mehr aus der Wahrnehmung. Nur dieser eine Mensch und das klopfende Herz sind noch da. Erst wenn dieser Mensch aus dem Wahrnehmungsbereich verschwindet, treten wieder andere Sache in den Vordergrund. Nur das Gefühl bleibt weiterhin. Es verschwindet nicht so schnell. So fühlt es sich jedes Mal an, wenn ich ihn sehe.

Meine erste und einzig große Liebe. Es war ein kalter, grauer Novembertag an dem ich ihn kennenlernte. Frisch von einer Schulfahrt zurück. Das alte Leben lag hinter mir und ein neues begann. An diesem Tag passierte genau das. Ich wusste nicht, dass mein Leben ab diesem Tag nie wieder wie vor diesem Tag sein würde. Die Bedeutung jenes Tages wurde mir erst viel später bewusst.
Ich weiß noch, wie ich vor das Aquarium trat. Dort stand er. Mein Herz machte seinen ersten Aussetzer. Bis es anfing,

wie wild zu klopfen. Es würde in seiner Gegenwart nie wieder aufhören wild zu tanzen.

Etwas war mit uns geschehen. Seit über einem halben Jahr schrieben wir täglich E-Mails. An diesem goldenen Oktobertag war unsere beste Freundschaft nicht mehr das Gleiche.
Wir lagen die ganze Zeit dicht beieinander. Unsere Lippen berührten sich fast. Eine Endlosschleife eines immer wiederkehrenden Augenblicks. Bis sie sich berührten und nicht mehr losließen. Seine Augen waren geöffnet, die meine geschlossen. Ein Augenblick.

Der nächste Tag war von Nieselregen bestimmt. Nur Freunde. Er erhob kein

Veto. Und so gingen wir wieder auseinander.

Zwei Tage später. Alles rückte in den Hintergrund. Nichts nahm ich mehr wahr. Nur ihn. Wieder ein Kuss. Ein Münzwurf. Ein erstes „Ich liebe dich". Ich versank an diesem Tag in seinen Augen, seinen Blick, seinen Umarmungen, seinem Liebesgeständnis. Liebe in seiner reinsten Form. Ich weiß nicht, was an diesem Tag draußen in der Welt passierte. An diesem Tag gab es nur uns. Niemand sonst. Die Unwichtigkeit belangloser Dinge nahm ich nicht wahr. Es gab nur ihn und mich. Das Einzige woran ich mich erinnere. Es war auch das einzig Wichtige an diesem Tag. Wir waren der Tag. Nichts anderes.

Nur er und ich.

Die letzten Tage. Sie gibt es nicht. Es endet nie. Erst mit dem letzten Herzschlag. Solange schlägt das Herz. Trotzdem kam der Tag an dem er aus meinen Leben verschwand. Aber er ist immer noch da. Taucht immer wieder auf. Verschwindet nie so ganz.

Die letzten Tage gingen knapp über zwei Monate. An einem Septembertag war Schluss.

An dem Tag danach war auch die Liebe vorbei.

Ende November, die letzten Worte. Wir

können wieder Freunde werden. Bald.

Das Bald kam nie.

Nur die Nachricht seiner neuen Freundin.

Nie wieder ein Wort von ihm. Oder eine Antwort.

Zwei Jahre später ein Antippen an seine Schulter. Mein Abschlussball. Er war da. Aber nicht wegen mir. Er stieß mich von sich weg, drehte sich um und ging. Kein Wort. Kein Blick.

Das Ende meiner Schulzeit. Ein Neubeginn vom Rest meines Lebens. Ein neuer Freund.

Ein kalter Oktobertag. Mein Geburtstag. Eine Bahnfahrt mit meiner besten Freundin. Er läuft an mir vorbei. Schaut mich kurz an. Mein Herz klopfte wieder. Das erste Mal seit ich ihn zum letzten Mal gesehen hatte. Ich war vergeben.

Ein Jahr später fing mein Studium an. Ich hatte zuvor einen Freiwilligendienst absolviert. Ich sah ihn in der zweiten Woche an der Bahnhaltestelle. Es war ein windiger, aber trockener Tag.
Er sah mich an.

Danach die Woche saß er in meiner Vorlesung. Wieder ein Blick. Dann verschwand er.

Er sah mich an und verschwand.

Er sah mich an, drehte sich um und verschwand.

Er kam nicht mehr wieder.

Ich weiß noch, wie ich vier Tage von meinem Freund getrennt war. Es war im Oktober. Wir kamen nach vier Tagen wieder zusammen. In dieser Woche schien die Sonne. Auch wenn es windig war.

Einen Tag nachdem wir wieder zusammen waren, stand ich mit meiner besten Freundin vor der Uni. Ich redete mit ihr, als ich ihn aus dem Augenwinkel sah. Er sah mich direkt an. Ich schaute weg. Er kam direkt auf mich zu. Und ging vorbei. Ich sah ihm nach.

Ab hier erschient alles möglich. *Sie* ist die Möglichkeit, die sich verwirklicht. *Sie* ist *ich*, *ich* werde *sie*. Die Gespaltenheit. Siehst du sie?

Es regnete, während sie aus dem Fenster schaute. Langgezogene Tropfen erstreckten sich am Fenster. Der Fahrtwind hatte sie verformt.
Sie wusste, heute würde der Tag sein an dem sie ihre Beziehung beenden würde. Nicht weil sie ihn nicht liebte, das tat sie ohne jeden Zweifel; sondern weil sie nicht länger für sein Unglück verantwortlich sein wollte. Denn sie war

sein Unglück. Ihre Unfähigkeit glücklich zu sein und ihn von ganzem Herzen lieben zu können, übertrug sich auf ihn. Sie konnte ihn nicht länger leiden lassen. Ihn nicht länger an sich fesseln. An eine Beziehung, die schon längst von ihr ausgehöhlt wurde.

Ein paar Tagen zuvor hatten sich dichte Wolken zugezogen. Sie kam noch rechtzeitig Zuhause an, bevor der Wasserfall vom Himmel strömte. Sie hatte den Regen kommen gesehen, ebenso wie sie wusste, dass er enden würde.

Der Tag nachdem sie Schluss gemacht hatte, war ein sonniger Tag. Der Wind war auf ihrer Haut zu spüren, ebenso wie die Sonnenstrahlen. So musste sich das Leben anfühlen. Lebendig.

Zwei Tage nach der Trennung hatten sich Wolken zugezogen. Zwischendurch spürte man einen leichten Nieselregen, der kurz nach seinem Auftreten, wieder verschwand. Sie konnte nicht schlafen. Wollte unbedingt noch die zwei Filme sehen, die im Fernsehen liefen. Um drei Uhr nachts, kamen ihre das erste Mal die Tränen.

Danach der Tag war zunächst sonnig. Sie hatte die richtige Entscheidung getroffen. Gegen Abend verdunkelte sich das Wetter. Es fing an zu regnen. Aber trotz des Vermissens war sie nicht einsam. Ihre beste Freundin teilte in dieser Nacht das

Bett mit ihr.

Der darauffolgende Tag war sonnig, wie windig. Ein Kinobesuch. Sie bekam nicht viel mit von dem Wetter. Nur am Abend telefonierte sie mit einer Freundin bis spät in die Nacht. Um zwei Uhr morgens, sah sie den vollen, erhellten Mond durch das Küchenfenster scheinen. Sie trat auf den Balkon. Die Perseiden waren in diesen Nächten zu sehen. Sie blickte zwanzig Minuten in den sternenklaren Himmel. Drei Sternenschnuppen erhellten in einem kurzen Moment einen Streifen, bevor sie in der Dunkelheit verschwanden. Dreimal war die Schönheit des Nachthimmels erkennbar. Dreimal durfte sie die Liebe sehen, bevor sie für immer verglühte.

Die schönste Sternschnuppe hatte sie jedoch zwei Jahre zuvor gesehen. Weit weg von jeglicher Zivilisation. Die Natur gibt uns den schönsten Blick auf die Dinge frei. Die Sternschnuppe erstreckte sich, wie in Zeitlupe über den ganzen Himmel. Sie zog einen schimmernden Schleier hinter sich her. Die Schönheit jenes Augenblicks wird nie vergessen werden.

Jeder Augenblick ist ein Moment. Aber nur wenige Momente sind Augenblicke. Die Augenblicke, die es gibt, bleiben uns für immer in Erinnerung. Wir suchen die schönsten und besten Augenblicke heraus, die wir vor unserem letzten

Atemzug noch einmal sehen wollen, bevor sie für immer mit unserer Seele in der Dunkelheit verschwinden werden.
Wir erleben sie vor unserem geistigen Auge immer und immer wieder, damit wir sie nie vergessen bis zu jenem letzten Atemzug.

Und jetzt? Alles vorbei. Mein neuer Freund und meine erste große Liebe. Verweht am Ende. Ein abgefallenes Blatt im Herbst, kommt nie wieder an seinen ursprünglichen Platz zurück. Dort kann nur ein neues Blatt erblühen, aber nicht das Alte. Es liegt auf den Boden und wird zu Erde aus dem neue Dinge wachsen werden.

Das Herzklopfen bleibt.

Ich warte bis heute auf eine Nachricht, die nie kommt. Trotz der Gewissheit warte ich.

Die Mitte

Fünf Jahre waren vergangen seit er mit ihr das letzte Wort gewechselt hatte. Doch ihre gemeinsame Zeit ging über diese Worte hinaus. Manchmal konnten keine Worte auch etwas sagen. Aber sie wollte die Worte nicht hören. Diese Worte, die nie gesagt wurden. Sie wollte sich vor jenem Klang die Ohren zuhalten. Nicht hören wollen, heißt nicht wahrhaben wollen.

Doch irgendwann kam der Tag. Wusste

das es nichts mehr brachte. Weglaufen nur um nie ans Ziel zu kommen. Also ließ sie es einfach zu.

Es war derselbe Tag wie jedes Jahr. Der nationale Trauertag in den Vereinigten Staaten. Doch diese Trauer war nicht ihre. Ihre Trauer galt an diesem Tag dem Verlust ihres Herzens. Es war vor fünf Jahren fast gestorben. Doch es lebte immer noch. Und schlug und schlug. Ihr persönlicher Gedenktag. Sie hatte ihn den Tag danach gefragt, ob er sie noch liebe. Er verneinte es. Das Ende.

Das Schwierigste im Leben eines Menschen ist es nur ein Mensch zu sein. Zu erkennen wie fehlerhaft man selbst ist. Die unfehlbare Gewissheit wird in ein Geständnis umgewandelt. Das

Eingeständnis nur ein Mensch zu sein. Fehler machen uns menschlich. Und doch sind wir anmaßend. Wollen göttlich sein. Unfehlbar. Makellos. Perfekt.

Früher oder später kommt der Tag an dem wir jeder für sich selbst erkennen, dass wir nie göttlich sind. Wir waren es nie. Wir werden es nie werden. Es ist der Tag an dem wir nicht mehr weglaufen. An dem wir unser eigenes Selbst entgegenstellen. Ihm die Hand reichen und endgültig Frieden schließen. Das Streben nach dem Göttlichen wird mit dem Erkennen der eigenen Fehlbarkeit zunichte gemacht.

So hörte auch ihr Streben nach dem Unerreichbaren mit dem Eingestehen ihrer Gefühle, ihrer großen Liebe zu diesem einen Menschen, auf. Sie würde es nie ändern. Nie etwas anderes erreichen. Als schloss sie ihren Frieden.

Als die Jahre vergingen wartet sie vergeblich auf die Liebe, die sie einst fühlte. Wie sehr hatte sie vergeblich gewartet, sie würde noch einmal einen Menschen treffen, der in ihr dieses Gefühl auslöste. Nichts dergleichen geschah. Stattdessen traf sie sich weiterhin mit unterschiedlichen Männern. Es fühlte sich jedes Mal wie eine Hop-on-/ Hop-off-Tour an. Man schaute sich gemeinsam mit einem Fremden ein paar Sehenswürdigkeiten an, ohne den anderen wirklich wahrzunehmen. Am Ende steigt man mit dem Gefühl aus, die ganzen Sehenswürdigkeiten schon aus Film und

Fernsehen zu kennen. Nur, dass sie dort viel prächtiger und überwältigender aussehen, als sie es in Wirklichkeit taten.

Was mich tröstete war der Gedanke daran, dass er in denselben Sternenhimmel blickte wie ich. Dieselben hellen Punkte. Ich stellte mir vor, wie er gleichzeitig mit mir denselben Stern anblickte. Als würden wir dadurch für diesen einen Moment verbunden sein.
So erging es mir mit vielen Dingen, die ich in der Zeit nach ihm machte. Ich sah die gleichen Filme und Serien wie er, las die gleichen Bücher, tat vieles, was er getan hat nur um ihm näher sein zu können. Ein kurzer Moment der Verbundenheit. Einseitige Verbundenheit. Egal, wie sehr ich

versuchte ihm nah zu sein, ich war nie nahe genug. Spürte nach der kurzen Nähe die lange Distanz. Sehnsucht die mein ganzes Herz mit Schwermut erfüllte. Noch eine kurze Berührung. Ein Kuss. Ein Wunsch. Nichts. Die künstlich erzeugte Nähe würde nie echt werden.

Wenn ich durch die Straßen gehe, sehe ich überall ihn. Er sitzt im selben Bus, geht vor mir auf her, besucht dieselben Veranstaltungen wie ich. An jeder Ecke scheint er mir entgegen zu lauern. Doch wenn er sich einmal umdreht, sehe ich nur fremde Gesichter. Gesichtslose Menschen ohne Bedeutung. Immer dasselbe. Ich sah eine spätere Version von ihm aus der Bahn heraus. An seiner

Hand ein Kind. Ein Blick in seine Zukunft.

Was wenn du die Liebe deines Lebens siehst, aber sie in der Bahn in die falsche Richtung sitzt und ihr habt nur diesen einen kurzen Augenblick?
Manche haben nur diesen kurzen Moment. Wir hatten sehr viele solcher Momente. Obwohl ich dankbar bin, hätte ich gerne mehr von diesen Momenten gehabt. Ich wünschte mir mehr von diesen Augenblicken, die eine nicht nur die Sprache verschlagen, sondern den Atem anhalten, das Herz vor Liebe in die Luft springen und einen Tanz in seinem ganz eigenen Rhythmus vollführen lassen. Nur einmal wissen, dass diese Momente nicht im Teil der

Vergangenheit verharren, sondern ein dynamischer Teil des weiteren Lebens bilden.

Die Liebe ist nicht anderes wie ein verpasster Bus: Du siehst ihn vor wegfahren, kannst ihn aber nicht mehr aufhalten. Anschließend wartet man auf den nächsten Bus. Aber was, wenn der verpasste Bus, der letzte fahrende Bus war? Man wartet, aber es kommt keiner mehr.

Manchmal wartet man ein Leben lang auf die längst verpasste Liebe. Und es spielt keine Rolle wie sehr man ihr hinterherläuft, man wird sie nicht mehr einholen. Sie ist schon längst ohne einen weitergefahren, während man ihr noch hinterherläuft. Die Hoffnung doch noch mitgenommen zu werden. An die

Erinnerung an die Chance, die einen Versprochen, aber nie gegeben wurde. Ein leeres Versprechen. Leere Worte, die in der Erinnerung nachhallen. Sie wurden nie zurückgenommen. Einfach so ohne Widerspruch stehen gelassen. Dabei hätte ich so gerne den Nachhall von widersprechenden letzten Worte gehört. Nicht dieses leere Versprechen, welches mich immer wieder Warten und Hoffen und Warten und Hoffen lässt. Ein Herz gefangen in Worten. Doch die Vergangenheit wiederholt sich nie. Nie werden Dinge auf die gleiche Art und Wcisc passieren. Unsere Vergangenheit hat keine Gegenwart, keine Zukunft. Sie bleibt ein unerreichbarer Zeitpunkt. Es gibt keine zweite Chance. Nur diese eine Möglichkeit. Und diese Möglichkeit wurde bereits verlebt. Stattdessen ging das Leben weiter. Neue Beziehungen, die wieder in die Brüche gingen. Ein ewiges Spiel aus Verlassen und Verlassenwerden. Nur wurde ich erst einmal verlassen. Von ihm. Fühlten sich, die ich verlassen hatte auch so? Ein Stück, was fehlte. Dieses verlorene Stück versucht man ihn jeder neuen Beziehung wiederzufinden. Aber es taucht dort nicht mehr auf. Nur in den Momenten, wo ich ihn sehe spüre ich es. Das verlorene Stück. Ich finde es wieder für einen Augenblick, nur um es dann wieder zu verlieren. Finden, Suchen, Verlieren. Hoffen, Warten, Schweigen. Das Leben geht weiter, aber die Gefühle bleiben dort, wo sie waren. Immer bei denselben Menschen. Wie gerne hätte ich meine

Chance bekommen. Die leeren Worte mit Leben gefüllt. Selbst wenn das Ende ein erneutes Ende gewesen wäre. Ich hätte es gewusst und es nicht bereut. Kein „Was wäre, wenn…". Doch ich blieb chancenlos und so würde ich es nie wissen. Mir blieben nur die Erinnerungen und die Vorstellung. Beides versuchte ich vor dem Verblassen zu retten, denn sie waren die einzigen Dinge, die ich noch von ihm besaß.

Manchmal siehst du ihn an dir vorbeigehen. Er schaut dir für diesen kurzen Moment des Vorübergehens in die Augen und es ist als würde in diesem Augenblick nur ihr beide im Universum existieren. Es gibt nichts drum herum. Obwohl alles weiterläuft, scheint ihr beide in einer eigenen anderen Welt sein. Keiner um euch herum ahnt etwas von dieser Welt, nur ihr beide wisst davon. Dann geht ihr weiter. Und du verweilst mit deinem Herzen eine Weile in dieser Welt, während er diese Welt schon längst wieder verlassen hatte. Sie kaum wahrgenommen hat. Aber du siehst sie in ihrer ganzen Größe. Du fühlst sie mit ganzem Herzen. Sie entspricht einer eigenen Sinneswahrnehmung, die sich von den anderen bekannten Sinneswahrnehmungen deutlich abhebt. Wenn du langsam wieder in dieser Welt angekommen bist, merkst du das du alleine dort stehst. Es sind Menschen um dich herum, aber der Mensch mit dem man gerne wieder in dieser anderen Welt wäre ist fort. Und da stehst du nun. Mit deinen Gefühlen, die nur deine Gefühle sind. Nicht seins. Für ihn bist du eine Fremde geworden. Er lässt dich nie wieder an sich dran. Du bekommst nie wieder den Schlüssel zu seinem Herzen. Er hat es vor dir verschlossen und dich für den Rest eures Lebens ausgesperrt. Und obwohl du traurig bist, ist da auch Dankbarkeit für diesen einen Augenblick, der dir mit ihm geschenkt wurde. Noch Jahre später wirst du dich an jede einzelne Sekunde dieses seltenen Momentes erinnern können. Er ist so bedeutungsvoll, dass er für den Rest des Lebens in einer Momentaufnahme im Erinnerungsbuch deines Lebens zu finden sein wird.

Alles hat einen Anfang. Doch ist es wirklich ein Anfang? Haben die Dinge nicht schon vorher ihren Lauf genommen, um schließlich im Anfang zu münden? Vor jedem Anfang gab es bereits, ebenso wie ein Ende nicht gleich ein Ende ist. Die Dinge wirken über ihr Ende hinaus und vergehen nie so ganz. So gibt es im eigentlichen Sinne weder Anfang noch Ende. Zwar fangen Dinge an und enden auch wieder, aber ihr Wirkungsbereich geht über beides hinaus.

Es gibt so tiefgründige Gefühle die zu ihrem Ausdruck hindrängen. Empfindungen können in ihrer Komplexität gar nicht in Worte gefasst werden.

Ich habe versucht ihn zu vergessen. Es fühlte sich an, als wäre ich auf hoher See in einen Sturm geraten und stünde kurz vor dem Ertrinken. Die Wellen peitschen einem ins Gesicht und die Lungen fühlen sich mit eiskaltem Wasser. Dann tritt diese eine, neue Liebe ins Leben. Der sichere Hafen. Eine ruhige Gegend in der man sicher ist, nicht den Gefahren der wilden See ausgesetzt ist und vor den brechenden Wellen beschützt wird. Dort fand ich diese andere Art der Liebe, die sich nach all den Strapazen wie ein sicherer Ort anfühlte. Wie ein Zuhause in dem man verwcilt. Die Sicherheit war ruhig, wohlig warm und geborgen. Nachdem was ich durchmachte, wollte ich lieber dieses ruhige Leben in Sicherheit. Es war ein Leben in dem ich alles hätte. Dachte ich. In dieser herzlichen Stille der Liebe und Geborgenheit verweilte ich drei Jahre. Es waren angenehme Jahre, die ich genoss. Ich war von ganzem Herzen dankbar in diesem sicheren Hafen verweilen zu dürfen. Am Anfang dachte ich hier wäre meine Reise zu ende. Der sichere Hafen in den man einfährt und nicht mehr fortgeht.

Aber irgendwann kam er. Der Tag an dem ich auf das weite Meer hinaussah. Die Weite des Horizonts, die sich vor meinen Augen erstreckte. Sie löste die Sehnsucht nach etwas aus. Etwas, das ich in dem Hafen einfach nicht finden konnte. Es war der Tag an dem mein Herz anfing, sich nach der wilden, stürmischen See zu verzerren. Zuerst ignorierte ich es. Ich

hielt mich weiter im Hafen auf. Hier war es so schön ruhig. Aber der Ruf des Herzens nach der hohen See wurde immer lauter. Wie eine Sirene lockte sie mich. Ich wusste, ich würde vielleicht ertrinken, wenn ich in die Weite segelte. Ich kannte die Gefahr. Doch die ungestillte Sehnsucht nach mehr wurde immer größer. Und so verließ ich den Hafen. Hinaus ins Ungewisse.
Als ich den sicheren Hafen verließ, blickte ich kurz dorthin zurück. Ich sah den Hafen und alles was dazu gehörte. Ich erinnerte mich, wie ich nicht alleine in Bar gehen wollte, die nun in der Dunkelheit mir entgegen leuchtete. Er ließ mich alleine dorthin gehen, während er auf unserem Boot blieb. Wie sehr ich ihn auch versuchte zu überzeugen

mitzukommen, er wollte nicht mit. Es sei sein Prinzip, sagte er mir. So ging ich alleine dorthin. Auf der Suche nach Abwechslung im Hafen, die ich gerne mit ihm zusammen erlebt hätte. Als ich nun in der Dunkelheit den runden Mond entgegenfuhr, sah ich den erleuchteten Hafen. Ich sah seine Silhouette in die Bar treten. War das eine Frau an seiner Seite? Ich konnte es nicht mehr erkennen. Zu weit weg war ich. Was ich aber erkannte, war, dass er seinen Anker mit all seinen Versprechen mitgenommen hatte. Ebenso wie meine Versprechen zusammen mit mir davon segelten. Und doch tat es weh beim Wegfahren zu sehen, wie die Versprechen gebrochen werden.

Von nun an trieb ich alleine auf dem weiten, offenen Meer. Orientierungslos und ein wenig verloren ließ ich mich in der Wasserwüste treiben. Der Hafen verschwand nach und nach in der Ferne, bis er nicht mehr zu sehen war. Ich drehte nie wieder meine Segel dorthin zurück, denn ich wäre nichts anderes, als ein ungebetener Gast. Bei meinem Aufbruch hatte ich eine Rückkehr in den sicheren Hafen nicht ausgeschlossen, doch jetzt wusste ich, es würde kein Zurück mehr geben. Dafür hatte ich viel zu sehr meine ungewisse Reise vor Augen. Nur sie konnte mich dorthin führen, wo ich hingehörte. Und so ließ ich mich in die ziellose Weite treiben, zusammen mit dem freien Wind, der mir ins Gesicht blies und meine Haare sanft umspielte.

Hemingway benutzte die Metapher des *sterbenden Mondes* um die Tragik eines einsamen Menschen auf dem Meer zu unterstreichen. Ich konnte dem nur beipflichten. Der Mond sah wirklich aus, als würde er sterben. Doch nach einer langen, dunklen Nacht, begrüßten mich die Sonnenstrahlen und brachten das Licht in diese endlose Welt. Die lebende Sonne.

Ich beobachtete Tage und Nächte. Den hellblauen Himmel in dem der Mond zu sehen war. Ich musste an die Abermillionen Sterne denken, die am Tag vor unseren Augen durch die Sonnenstrahlen verborgen blieben. Erst in der dunklen Nacht, waren die Sonnen andere Planeten sichtbar. Am Tag gab es nur die eine Sonne für uns, während es in der Nacht Millionen entfernter Sonnen gab. Es gab nur die eine nahe Liebe, die mich am Leben hielt, während alle andere zu weit weg dafür waren. Die Bedeutung der Weite wurde mir erst hier bewusst. Ich dachte daran, wie die Gattung Homo sapiens bereits den Mond betreten hatte und wie sie womöglich noch andere Planten betreten würde immer weiter von diesem Punkt im Universum entfernt. Wie fühlt es sich wohl an, den ersten Schritt auf einen neuen Planeten gehen zu dürfen, denn noch keiner zuvor betreten hat. Ich dachte an die möglichen Ereignisse, die in unserem Universum möglich waren. All diese Unwahrscheinlichkeiten, die trotzdem eintraten. Wie es wohl in anderen

Universen aussah? Dafür würde meine Vorstellungskraft nicht reichen. Aber ich wusste, dass irgendwann von mir nichts anderes als Staubkörner übrigblieb. Mein Ich würde in einer Vergangenheit verschwinden. Mein Leben im Getriebe der Zeit verschwunden und vergessen. An jenen Augenblick, den ich gerade wahrnahm, würde sich niemand mehr erinnern, geschweige den an mein gelebtes Leben. Umso wichtiger erschien es mir diesen Augenblick bewusst wahrzunehmen und ihm jene Bedeutung beizumessen, die ihm zusteht. Schließlich ist er das Einzige, was ich habe. Die unveränderbare Vergangenheit ist bereits geschehen, während die möglichen Zukünfte noch bevorstehen.

Kann man das überhaupt? Darf man das überhaupt? Jemanden lieben mit dem man seit fünf Jahren kein Wort gewechselt hat. Liebt man diese Person überhaupt noch wirklich? Oder ist es die Vorstellung in die wir verliebt sind? Was, wenn es die Person, die man liebt, gar nicht mehr gibt? Wenn sie mit dem Lauf der Zeit verschwunden ist? Wenn sie sich so verändert hat, dass sie nichts mehr mit der Person zu tun hat, in die man sich einst verliebte? Liebt man dann diese Person noch? Wen liebt man dann?

Von vielen Menschen sieht man nur einen kurzen Ausschnitt ihres Lebens. Wie sie gerade die Straße lang gehen, mit der Bahn fahren, Nachrichten schreiben, sich küssen, … Ich frage mich nach der

Geschichte dahinter. Das Paar, was kurz vor ihrem Kuss stand. Vielleicht ihr erster Kuss? Was haben all diese Menschen gemeinsam? Welche Erlebnisse, welche Geschichten stecken hinter ihnen? Ich wartete an der Bushaltestelle und sah die ausgetretenen Zigarettenstummel am Boden an. Wer waren diese Menschen, die ebenso wie ich auf den Bus gewartet haben, nur eben in einer anderen Zeit vor mir? Manche waren bis zum letzten Zug aufgeraucht, während andere nicht mal zur Hälfte benutzt schienen. Vielleicht kam schon der Bus oder aber es war der Entschluss, die letzte Zigarette geraucht zu haben. Eine Eingebung an diesem Ort an dem ich nun stehe. Eine Notfallzigarette nach einem stressigen Tag. Ein heimliches Rauchen, bevor es nach Hause geht. Eine Mutter, die errötet, weil sie vor ihren Kindern raucht. Zwei Jugendliche, die sich gegenseitig anschweigen, während der Rauch vor ihnen hin dampft. Ein älterer Herr, der nachdenklich in die Gegend guckt und Ausschau hält. All diese Geschichten, die ich niemals kennen würde und doch scheint es mir, als wäre ich für einen kurzen Augenblick mit den Menschen und ihren Geschichten verbunden. Ich konnte mir für einen kurzen Moment ihre einzelnen Leben vorstellen. In meiner Fantasie wirbelten ihre Geschichten umher, ohne dass es eine Überprüfung auf ihre Echtheit bedarf.

Roland Barthes behauptet in seiner Theorie über den Autor, dass alles bereits gesagt wurde. Wurde jede meiner Aussagen bereits schonmal mündlich oder schriftlich transkribiert? Alle Sätze hier würden danach schon mal gesagt worden sein. Jeden Tag werden einzelne Worte zu ganzen Sätzen gebildet. Diese werden sowohl gesprochen als auch verschriftlicht. Also wurde alles, was ich sage oder schreibe, bereits verwendet. Jedoch kommt es gar nicht darauf an, ob oder wie oft bereits etwas gesagt wurde. Es kommt lediglich darauf an, wie etwas gesagt wurde. Ein „Ich liebe dich" wird oft verwendet. Täglich sagen Menschen diese Worte zueinander. Doch was bei den Worten gefühlt wird, ist stets unterschiedlich. Und ich fragte mich, was er bei diesen Worten fühlte. Das Gleiche wie ich? Es ist ein einfacher Satz, den die meisten Menschen irgendwann in ihrem Leben sagen oder zu hören bekommen. Dabei kommt es nicht darauf an, ob diese Worte immer wieder verwendet werden. Sondern wie. Ein kleines scherzhaftes „Ich liebe dich" ist bedeutungslos, während ein „Ich liebe dich" der großen Liebe scheinbar alles zu bedeuten hat. Genauso spielt das Wie eine Rolle. Unendlich oft wurden sie als reine Lüge missbraucht. Den Worten wurden nicht die Bedeutung zugetragen, die sie eigentlich besitzen. Unendlich oft kamen diese Worte aus tiefstem Herzen. Sie versuchten das Nicht in Worte fassbare einzufangen, um sie anschließend auszudrücken. Obwohl die Worte unendlich vielfach gebraucht werden, werden sie nie auf die gleiche Weise verwendet. Die Bedeutung dieser Worte kommt ihnen nur mit ihrem jeweiligen Urheber zu. Ohne diesen werden die Worte nie verstanden werden. Die gesprochenen Worte sind für den Urheber der Bedeutungsträger und können nicht ohne diesen verstanden werden, auch wenn sie schon unendlich viele Male verwendet wurden.

Regentropfen, die an der Fensterscheibe herunterlaufen und durchbrochene Spuren hinterlassen. Manche folgen den Weg ihrer Vorgänger, andere bannen sich einen eigenen Weg entlang.

Warum begegnete ich ihn immer nur an solchen Zeitpunkten? Zeitpunkten, wo ich endlich den Mut aufbrachte mich auf eine neue Beziehung einzulassen. Der Versuch, alles Alte endlich hinter sich zu lassen. Ausbruch, Befreiung, Neuanfang. Doch so leicht ließ mich die Vergangenheit nicht los. Statt mich den Versuch zu überlassen etwas Neues anzufangen, lief er mir über den Weg und erinnerte mich. Erinnerte mich daran, wie sehr ich ihn liebte. Immer lieben würde. Er ließ mich von Neuem mein gebrochenes Herz spüren, als wäre es erst gerade geschehen. Wenn ich glücklich schien, bog er um die Ecke und erinnerte mich an diese eine Sache, die ich mir am meisten wünschte, aber nicht haben konnte. Ich hatte sie mal und würde sie nie wiederbekommen. Die Vergangenheit wiederholt sich nie wieder. Der bloße Wunsch blieb. Aber schlimmer noch als die bloße Erinnerung war die Gewissheit, das was ich auch tat, nichts daran ändern konnte. Ich musste mich meinem Schicksal überlassen, welches ich nicht als das meine anerkennen und annehmen wollte. Vielleicht war gerade dies der Grund, warum er immer wieder und wieder überall auftauchte in Momenten in denen ich es am wenigsten erwartete: Weil ich ihn nicht vergessen sollte. Mein Leben wollte mich eventuell davon abhalten, die Fehler zu begehen, die ich dabei war zu machen. Wer sagt, dass wir immer für jemanden bestimmt sind? Vielleicht sind einige von uns auf dieser Welt für sich selbst bestimmt und eine scheinbar höhere Macht versucht alles, um dieses Schicksal auch durchzusetzen. Jedoch erscheint mir das Rekurrieren auf eine höhere Macht, der Versuch zu sein unsere Handlungsmöglichkeiten einzuschränken. Mir widerstrebt der Gedanke einer höheren Macht ausgeliefert zu sein. Wer weiß schon, was das Beste für mich ist außer ich selbst? Trotzdem war ich dem Universum unwiderruflich ausgesetzt, was die Tatsache anbelangte, dass er jeglichen Kontakt zu mir mied und ich nichts daran ändern konnte. Wie oft ich ihm auch schreiben würde, er würde nie antworten. Vielleicht war es doch keine höhere Macht, sondern nur seine Entscheidungen, die meine Handlungen einschränkten. Wobei die Zeitpunkte in denen er auftauchte wohl kaum ein Zufall sein konnten, sondern wie ein sich drehendes Rädchen in mein Lebensrad passend verzahnte. Ich hatte keine Erklärung dafür.

Versprechen sind da um sie zu brechen. Das ist die Devise der Menschen, die man am meisten liebt. Zumindest fühlt es sich nach jeder Trennung aufs Neue so an. Dabei spielt es keine Rolle, ob man selbst es ist oder der andere es macht. Mit einer Trennung zählt keines der gemachten Versprechen mehr. Sie werden unweigerlich gemeinsam mit jenem Herz gebrochen. In dem Moment, wo ein Versprechen gebrochen wird, tut es das Herz gleich. Dies geschieht nicht unbedingt beim Trennungsprozess selbst, sondern häufig in der Zeit danach. In diesem Moment tritt das eigentliche, wirkliche Ende ein. Vorher scheint es noch ein *vielleicht* oder *irgendwann* zu geben. Eine imaginierte bevorstehende Zeit, in der wieder alles wie zuvor ist und man Arm in Arm zusammenliegt. Doch wenn ein Versprechen gebrochen wurde, verwandelt sich das *irgendwann* in ein *nie*. Und obwohl ich jegliche Art von Krieg und Gewalt ablehnte, kam ich nicht umhin zuzugeben, dass der Treueeid eines Kriegers bis zu seinem Tode reichte; er endet erst mit dem letzten ausgehauchten Atemzug. Bei der Liebe war es anders. Dort wurden Treueeide schon im Leben gebrochen. Den Eid bis zum Tod gibt es kaum.

Der Erfolg jedes Dramas und jeder Tragödie liegt darin, dass immer einer am Ende stirbt, bevor jegliches Versprechen gebrochen werden. Ihnen bleibt oft nicht genug Zeit ihren Versprechen untreu zu werden. Sie sterben, bevor dergleichen passieren kann. Und war das nicht die schönste Art zu sterben? Nur eine kurze, glückliche Zeit, statt lange durchlebte Enttäuschungen. Tragödien haben die glücklichsten Enden.

Je mehr ich die Liebe suchte, desto mehr entfernte ich mich von ihr. Oder entfernte sie sich etwa mehr von mir?

Es war der süße Schmerz und die verlorene Hoffnung, die mich am Leben hilt. Mein gebrochenes Herz blutig ertränkt in der Eifersucht.

Vergangenheit, Gegenwart, Zukunft. Zeitpunkte in unserem Leben, die scheinbar linear an uns vorbeilaufen. Die Vergangenheit ist bereits passiert und nicht änderbar, während die Zukunft als Gegenstück agiert. Lediglich die Gegenwart erleben wir bewusst. Obwohl unser Zeitkonstrukt eine lineare Abfolge der Dinge erklärt, passieren alle Dinge gleichzeitig. Die Vergangenheit läuft neben unserer Gegenwart ab, auch wenn sie für uns nicht mehr zugänglich ist. Ebenso verhält es sich mit der Zukunft, die jedoch aus unendlich vielen Möglichkeiten besteht. Wir können nur von einer möglichen Zukunft von dem gegenwärtigem Moment ausgehen. Ich musste an die unveränderbare Vergangenheit denken, die auf meine gegenwärtige Situation einwirkt, genauso an die mögliche Zukunft, die ich ausgehend von dem Hier und Jetzt mitbestimmen konnte. Ich schloss die Augen und sah die einzelnen Momente, die sich im Puzzle des Lebens ineinanderfügten und am Ende ein Gesamtbild ergaben. Das Gesamtbild lag vor und in mir. Es war das Ergebnis aus allen bedeutsamen, kurzen Augenblicken in meinem Leben.

Dabei gab es so viele unerwähnte Stunden, Tage, Wochen, Jahre. Das Leben setzt sich am Ende nur aus einigen einzelnen Momenten zusammen, die uns prägen. Sekunden werden zu Minuten, Minuten zu Stunden, Stunden zu Tage.

Sie hatte beschlossen, ihn zu suchen und noch einmal den Mut zu finden, ihm die Chance auf ein Leben zu Zweit ermöglichen. Aber er tauchte nicht mehr auf. Wo er auch war, wie sehr sie ihn auch suchte, er tauchte nicht mehr auf. Blieb versunken in seinem rätselhaften Labyrinth, das nur aus Fragen bestand und keine Antworten enthielt. Dort suchte sie ihn. Verlief sich. Verirrte. Das flaue Gefühl im Magen, während sie orientierungslos umherschweifte. Er war ihr Ziel, das sie nie erreichte. Manchmal sah sie ihn hinter eine Ecke verschwinden, doch wenn sie die Ecke erreicht hatte, war er schon wieder hinter den nächsten Ecken und Verzweigungen verschwunden. Überall sah sie ihn, ohne dass er wirklich da war. In dieser unendlichen Welt sind wir limitiert durch unsere Handlungsmöglichkeiten. Ihre Liebe zu ihm, limitiert durch ihren

Handlungsspielraum, den er ihr genommen hat. Der Ausdruck ihrer Liebe wird durch ihn eingezäunt. Eingesperrt in dem dunklen Raum ihres Herzens. Wie sehr es auch klopft, es darf nicht rausgelassen werden.

Sie geht weiter umher. Die Hoffnung stets in ihrem Herzen. Es ist die gestorbene Hoffnung, die ihre Liebe zu ihm am Leben erhielt. Sie hielt daran fest, wie an einem Seil, welches nur noch an einen dünnen Faden hängt und kurz vor dem Zerreißen steht. Man hält sich daran fest, wohlwissend, dass man in die Tiefe fallen wird.

Was wenn die Liebe ein Lebewesen ist? Sie verzerrt sich nach der Liebe des anderen, wird von diesem genährt, atmet von den Blicken des anderen, fühlt den unerwiderten Schmerz.

Gespiegelte Äste. Kleine Adern, die sich von der großen Lebensader immer weiter abspalten. Blätter, die zu dieser Jahreszeit bereits im Kreislauf verschwunden sind. Machen Platz für Neues. Doch gerade sind sie kahl. Als würde etwas fehlen, doch es ist ihr natürlicher Prozess. Altes geht und Neues kann wachsen. Dazwischen: Leere. Ich warte auf das Rückkehr des Alten, doch stattdessen wird Neues wachsen.

Nostalgie. Die Schnsucht nach einer vergangenen Zeit. Eine nostalgische Liebe ist eine sehnsuchtsvolle Liebe.
Die Existenz der Liebe zu überprüfen ist wie der Versuch die leere Luft beweisen

zu wollen. Das Wissen darum, das diese Dinge da sind, ist gesichert, aber beides ist nicht greifbar.

Und dort stand ich. Am Meer. Den Blick in die Ferne gerichtet. Ich dachte, ich hätte ein neues Stück Land betreten. Das Ziel worauf ich hingearbeitet habe. Dabei war es nichts weiter als ein Kreis: Je weiter ich von meinem Anfangspunkt weglaufe, desto näher komme ich wieder an diesen heran bis ich ihn schließlich wieder erreiche und am selben Punkt stehe. Als hätte sich nichts verändert. Wie sehr ich auch versuche diesem Punkt auszuweichen, ich werde zwangsläufig dort ankommen. Gefangen im ewigen Kreis. Während ich aufs Meer blickte spürte ich die Tränen über meine Wange laufen und ein nasser Schleier ließ mich kurzsichtig werden. Ich wollte nur einen Neuanfang, konnte aber nicht ausbrechen. Eine ewig vorherbestimmte Bahn in ihrer Perfektion, die mich gefangen hielt. Und wenn ich ihn dort suchte und wieder am Ausgangspunkt ankam, wusste ich, er war nicht mehr da. Meine Bahn war noch nie seine gewesen, bloß meine. Ich stand auf einem von mir noch nie betretenen Stück Erde. Obwohl es neu war und ich noch nie hier war, blickte mein Herz auf die Weite des Meeres mit einer solchen Sehnsucht, dass ich wusste, ich gehörte nicht hierher. Die vollkommende Pracht der Umgebung passte nicht zu der unvollkommenen Leere in mir. Ich gehörte einfach nicht hierher. Doch wo gehörte ich eigentlich noch hin? So lange segelte ich nun ziellos umher und glaubte auf diesem Stück Land endlich mein Ziel gefunden zu haben. Jetzt wo ich hier stand, fühlte ich immer noch die regungslose Unruhe in mir.

Ich verbrachte nicht viel Zeit an Land. Es zog mich zurück aufs Meer. Anschließend segelte ich weiter umher und suchte nach einem Ziel.

Eine „revolutio", eine zyklische, wiederkehrende Umwälzung, eine Kreisbewegung. Geschichte ist keine Lehrmeisterin. Sie besteht aus einzelnen Revolutionen, die immer wieder an neue Wendepunkte gelangt. Zwar wiederholen sich Dinge nie auf die gleiche Weise, aber doch ist und bleibt es eine Wiederholung!

Meine erneute Revolte schien die gleiche, vorherige Zeit in neuem Gewand zu sein.

<u>Worte ohne Inhalt</u>
Ich lese sie immer wieder; längst vergangene Worte aus der Vergangenheit. Gestorbene, tote Wörter. Briefe, dessen Adressat ich zwar bin, jedoch wurden sie bereits vom Verfasser vergessen. Versunken in der Bedeutungslosigkeit. Ich versuche noch einmal sie zum Leben zu erwecken, doch versinke nur in Vergangenes. Tod und Leben liegt ebenso nah beieinander wie Vergangenheit und Gegenwart. Zwei unterschiedliche Dinge, doch ohne das eine würde es nicht das andere geben. Ich verschwinde in den Worten, die zu jenem vergangen Zeitpunkt rein und ehrlich

waren. Eine vollkommene Aufrichtigkeit, die diese Worte einst umgaben. Doch nach Worten folgen immer Taten oder eben die Untätigkeit. Nur Handlungen können den Worten ihren würdigen Ausdruck verleihen. Bleiben sie aus, verlieren sie ihren Wert. Wenn ich sie lese, verdränge ich ihre heutige Wertlosigkeit. Sie sind leer, inhalts- und gegenstandslos.

Mich macht der Gedanke glücklich, dass es in diesem allumfassenden All einen Zeitpunkt gibt, in dem wir noch zusammen sind. Unsere Körper bewegen sich langsam im Takt der Musik und wir tanzen eng umschlungen durch den Raum. Nur wir beide. Weder Vergangenheit noch Zukunft sind für uns in der Gegenwart zugänglich und trotzdem existieren sie in unserem Universum. Irgendwo passieren sie gerade, an einem Punkt, den wir nicht erreichen können. Wir können keine Schlaufen zu dem Punkt zurückbilden. Er ist für uns unzugänglich, aber die alleinige Existenz dieses Punktes reicht mir aus, um zu wissen, dass ich gerade wieder in seinen Armen liege und wir anschließend zur Musik hin und her wippen, als würde es nur uns beide geben. In diesem einem Moment existieren nur wir beide. Obwohl Millionen Sachen nebenbei passieren, befinden wir uns in unserer eigenen, perfekten Welt. Und allein die Gewissheit, dass dieser Zeitpunkt gerade irgendwo existierte, erweckt ein leichtes, sanftes Lächeln auf meinen rauen Lippen, welches von einer tieferen Zufriedenheit herrührt.

Unser ständiger Begleiter ist eine Spiegel- und Schattenwelt. Vielleicht hat sie mehr Wahres an sich, als die eigentliche Welt.

Wie gerne hätte ich dieses neue Leben angefangen. So gerne hätte ich die Vergangenheit hinter mir gelassen. Doch sie läuft mir immer wieder hinterher und holt mich aufs Neue ein; sie macht es mir unmöglich zu vergessen. Wenn ich ihr begegnete, dachte ich an alles was passiert war und ich spürte wieder mein gebrochenes, unverheiltes Herz. Er hatte sich für sie entschieden. Hatte sie mir vorgezogen. Irgendwann traf ich sie in der Bahn. Sie waren schon lange nicht mehr zusammen und dort saß sie, hübsch zurechtgemacht. Wieder zersprang mein Herz in tausend kleine Splitter, die mich innerlich aufschnitten. Langsam und präzise. Alte Wunde, frisches Blut. Warum hatte ich meinen sicheren Hafen nicht so lieben können, wie die stürmische See? Ich war nur einem Atemzug vor dem Ertrinken fern gewesen. Was für ein schönes Leben es doch im Hafen geworden wäre. Doch so ist es nie gekommen. Ich habe es nicht gewollt.

Manchmal sehe ich mir alte Fotos an. Ich tauche wieder in jenem Moment hinein. Meine Gedanken und Gefühle in diesem Moment. In einen fremden Menschen, die frühere Version meiner selbst. Wie sie ihn zu küssen vermag. Meinem heutigen Ich bleibt dieser Moment verwehrt. Auf diesem Bild war nicht Ich, sondern eine Fremde. Sie sah zwar aus wie ich, doch sie fühlte und dachte ganz anders. Heute waren es zwei Fremde. Ich schaute mir eine früheres Leben an, welches nicht meinem heutigem Ich entsprach. Ich bin die bloße Reinkarnation dieser Person.

Ablaufdaten. Viele unterschiedliche Zeitspannen, die das Ende einer Sache angeben. Milchprodukte, die nur zwei Wochen haltbar sind. Wasserflaschen, die noch ein ganzes Jahr halten. Was würde an diesem Datum sein? Schon in einer Zeitspanne eines Brotes, kann sich bereits das ganze Leben geändert haben. Hätte ich vor einem Jahr geahnt, was heute ist? Eindeutig nicht. Es hatte sich alles und nichts geändert. Große Ereignisse fühlen sich manchmal bedeutend an, bleiben jedoch folgenlos. Andere hingegen erscheinen zunächst klein und unbedeutend, können aber dein ganzes Leben verändern. Der sichere Hafen, den ich verließ. Ich war wieder auf dem Meer. Dort wo ich herkam, ging ich wieder zurück. Es war ein folgenloser Zwischenstopp gewesen. Ein kurzer Halt um wieder zu Kräften zu kommen, um sich anschließend wieder den Dingen zu stellen.

In zehn Monaten läuft die Flasche ab aus der ich gerade trinke. Ich weiß nicht einmal, was morgen ist.

Das Leid gehört zum Leben wie die Luft zum Atmen.

Die leidende Sonne, die den Horizont erleuchtete. Der Ausdruck tiefer Sehnsucht und aufgehender Hoffnung, sowie deren Untergang.

Sie dachte ihr Leben lang an ihn. An die Situationen, die nie eintreffen würden. Aber sie war wenigstens in ihrer Welt bestehend aus Tagträumen mit ihm verbunden. Sie dachte daran, wie sie ihm begegnete. Er sah sie an. Bot ihr einen Platz neben sich an. Ihr Herz raste. Sie setzte sich neben ihn und verbrachte direkt neben ihm die Zeit. Ein lautes

Knistern zwischen Ihnen. Doch war es bloß ihr Knistern. Vorbei der Traum.

Je mehr du davonläufst, desto mehr holt es dich wieder ein. Also akzeptierte ich mein Schicksal und schloss meinen Frieden damit.

Plötzlich wurde es mir klar. Die Erkenntnis durchfuhr mich wie Archimedes in der Badewanne. Mit einem Schlag ergab alles einen Sinn. Die Lösung lag direkt vor mir, ich hatte sie zuvor nur nicht in ihrer Gänze gesehen. Ich musste Gefühle für ihn haben. Denn nur durch diese Gefühle konnte ich die täuschend echt erscheinende Liebe, aber doch nicht wahrer Liebe von der wirklichen Liebe unterscheiden. Sie sah ihr so ähnlich und konnten doch unterschiedlicher nicht sein. Beinahe hatte ich sie miteinander verwechselt. Aber eben nur beinahe. Ich fiel nicht auf die täuschend echt erscheinende Liebe rein, die nicht die war, die ich wollte. Es war nicht das Gefühl von herzerfüllter Grenzenlosigkeit. Nur durch meine Gefühle für ihn erkannte ich, dass ich sowohl leben als auch lieben konnte. Eine Zeit lang hatte ich den Mut zum Leben verloren. Ich lebte, aber ich lebte nicht richtig. Ich liebte, aber ich liebte nicht wahrhaftig. Ohne diese Gefühle hätte mich die schwarze Leere in meine Einzelteile aufgespalten und verschluckt. Sie gaben mir ein Gefühl von Existenz. Das Ich wäre ohne diese Gefühle nichts weiter als ein Körper ohne Seele. Eine leere Hülle, die in einer sich weiterdrehenden Welt hin und her bewegte. Erst die Gefühle hauchten Leben in mein körperliches Gefäß. Sie waren der Grund für die Dinge, die ich bereit war zu tun.

Ich hatte den sicheren Hafen verlassen, weil die wilde, raue Seeluft in mein Gesicht gepeitscht war. Meine Haare zerzaust vom wilden Tiefgang. Der Ruf der Ferne nach Meer. Nur dadurch erkannte ich, was ich eigentlich suchte. Wenn das Leben eine Reise wäre, hätte ich bereits für eine kurze Zeit das Ziel erreicht gehabt ohne es zu Wissen. Doch mit den Jahren entfernte ich mich immer weiter weg davon. Ich sah es nur noch in einer unerreichbaren Ferne. Ich wusste, da draußen wartete etwas auf mich, was ich nicht erreichen würde, würde ich bleiben. Mein Abenteuer lag direkt vor mir. Ohne diese Gefühle hätte ich das nie erkannt. Wäre ich in meinem Hafen geblieben und nicht gewusst, was mir fehlte. Ich hätte nie den Wind in meinen Haaren gespürt, wäre nie in die Weite gesegelt, wäre nie kurz vor dem Ertrinken gewesen. Stattdessen wäre ich im Hafen geblieben ohne zu Wissen, das etwas fehlt. Ich hätte mich mit dem oberflächlichen Schein der Dinge und mit ihrer Bedeutungslosigkeit zufriedengegeben. Durch jenes Wissen wartete ich nicht bis zu meinem Tod, sondern lebte. Hier und Jetzt. Keine Reue, nur die endlose Freiheit. Manchmal ist Alleinsein der Preis der Freiheit. So trieb ich allein auf dem Meer. Blickte zwischendurch nach anderen Booten um, aber wusste, dass ich eigentlich nur ein bestimmtes Boot suchte. Aber ich lebte. Tiefe Dankbarkeit erfüllte mein Herz. Natürlich wusste ich immer noch nicht, warum es ausgerechnet er sein musste, den ich liebte und nicht wen anders. Erst recht wusste ich nicht, warum es eine unerwiderte Liebe sein musste. Ich hatte keine andere Wahl, als darauf zu vertrauen, dass am Ende alles einen Sinn ergeben würde. Ich möchte es nicht benennen, aber ich akzeptierte nicht die vollkommene Sinnlosigkeit hinter meinen Gefühlen. Wir werden schließlich nie den ganzen Sinn der Dinge und das Wesen von allem erkennen, aber das bedeutet nicht, dass es diesen nicht gibt. Manchmal sind die verborgenen Dinge, die sich unserer Wahrnehmung entziehen, die wahren Dinge.

Trotz allem fühlte ich mich schon jetzt, als wäre ich aus der Höhle hinaus ins Licht geführt worden.

Was wäre passiert hätte ich diese Gefühle nicht gehabt? Ich sah ein Leben vor mir, in dem ich einen Mann geheiratet hätte, den ich nie wirklich liebte. Auf der Flucht vor dem Alleinsein. Ich wäre nie mein wirkliches Ich gewesen. Ein Leben voller Verdrängung, Schuld und Reue. Ohne das zu Tun, was von Herzen kommt. Dank dieser Gefühle bereute ich nicht einen Augenblick, nicht eine Entscheidung. Voller Dankbarkeit und tiefgehenden Zufriedenheit schloss ich meine Augen.

Die unerfüllbare Liebesutopie, eine ungestillte Sehnsucht nach einem abgeschiedenen Ort. Eine Minnegrotte. Eine vollendete Vorstellung aller Möglichkeiten. Erfüllt von Liebe und Vollkommenheit. Sie ist nur wenigen Menschen bestimmt.

Ich war nun die beste Version meiner selbst. Vermutlich die beste Version, die ich jemals war und je sein würde. Wenn er mich jetzt kennenlernen würde, dann würde er sich hoffnungslos in mich verlieben. Er würde mich lieben. So sehr wie nie zuvor in seinem Leben. Ich auch ihn?

Seine gegenwärtige Liebe liegt in

unerreichbarer Ferne. Die Vergangenheit versperrt mir den Weg. Ich bekam nicht die Chance mich zu zeigen. Musste im Schatten stehen bleiben, sodass er mein Leuchten nicht sehen konnte. Sein Herz blieb für mich verschlossen. Wie oft habe ich es schon versucht wieder aufzuschließen, aber er hatte das Schloss ausgetauscht. Er hatte mich ausgeschlossen. Trotzdem schaffte er es nicht vollends aus meinem Leben zu verschwinden. Er begegnete mir immer wieder und es würde vielleicht immer so sein. Die ungewisse Gewissheit der Begegnung.

Als ich die Augen schloss, sah ich es vor mir. Wir waren zwei Fremde. Doch er lernt mich kennen. Nicht damals, sondern heute. Und ich sah wie er sich aufs Neue in mich verliebte. Mich liebte. All die Fehler, die ich tat, waren nicht mehr meine Fehler. Die Gegenwart und Zukunft war unsere Zeit, nicht mehr die Vergangenheit. Wir würden uns die ewige Liebe versprechen. Tief in das Herz des anderen blickend. Ein Leben lang, nicht bloß eine kurze Zeitspanne. Solange bis ich wieder meine Augen öffnete. Ende.

Ging es etwa nur mir so? Ich schreite in die dunkle Leere der Höhle. Nur ich konnte die Schreie in dieser verborgenen Welt hören. Niemand war dort. Niemand, außer mein leerer Schall, der zu mir zurückdrang. Die vollkommene Leere. Alles was ich suchte, war nicht dort drin. Doch es erschien mir der einzig zugängliche Ort. Auch wenn meine

Erkenntnis und meine Liebe über mir und nicht darunter lagen. Nur konnte ich das transzendentale Gebilde nicht überwinden. Es blieb unerreichbar.

Warum warst du nicht da? Nicht ein Wort. Kein Wort hörte ich von dir. Als wäre dir die Sprache abhandengekommen. Hast du bereits wirklich alles gesagt, was du zu sagen hattest?

Es war mein Aufbruch in ein neues Leben. Wenn ich die Augen schloss, sah ich es klar und deutlich vor mir: Unsere Hochzeit. Er an meiner Seite. Ich wollte daran glauben. An den Tag, an dem ihm klar werden würde, dass er mich noch liebte. Wir uns lieben. Ich wartete auf diesen Tag. Die sehnsuchtsvolle Verheißung erfüllte mein Herz. Es schlug nur dafür. Mein Herz trug die Gewissheit. Die Gewissheit unseres Zusammengehörens. Alles andere erschien mir abwegig. Es erschien außerhalb des Möglichen, ebenso wie die Sache selbst. In unsere Zweisamkeit lag sowohl Traum als auch Erfüllung. Er würde es früher oder später erkennen; darin lag mein Glaube und meine Gewissheit. Natürlich sollte es nie so kommen…

„Glaubst du wir finden wieder einen Wcg zueinander?", fragte sie mit tiefem Blick in seine Augen. Sie sah weiter hinein als die anderen Menschen es taten. Seine

Hände berührten ihre Wange.

„Ja", hauchte er ihr zu. Seine weiche Lippe formte sich zu einem sanften Kuss. Ihr ganzer Körper erbebte von dieser Berührung. Niemand, nur er, löste bei ihr solche Gefühle aus. Sie wusste, dass nur er das konnte. Umso schlimmer war es als er sich umdrehte und verschwand. Er ließ sie alleine mit ihren Gefühlen zu ihm stehen. Sonnenstrahlen trafen ihr Gesicht und umhüllten es mit Wärme, während ihr Herz erfror. Unter ihr öffnete sich eine Tür, die sie ins Bodenlose fallen ließ. Sie wartete auf den Aufprall, aber der kam nicht. Nur ihre Augen rissen sie aus ihrer geträumten Realität.

Sie hatte das schon einmal erlebt. Sie würde es immer wieder tun. Manches endet erst am Ende. Leben heißt lieben, genauso wie lieben leben heißt. Nichts anderes.

Jede Seele braucht ein Geheimnis. Meines war, dass ich mein Leben lang nur einen einzigen Menschen von ganzem Herzen liebte. Ich habe es verdrängt, abgewertet, bin hinterhergerannt, nur um anschließend davonzulaufen. Der Wunsch nichts weiter als eine Flucht.

Eigentlich liefen wir beide nicht voneinander, sondern vor unserem Selbst weg.

Plötzlich war es da. Das Alleinsein. Die Einsamkeit, die sich in das rohe Fleisch drückte. Das erdrückende Gefühl jemanden zu lieben, der nicht da war.

Jemand existierte nicht. Die Liebe zu einer Nichtexistenz. Nicht greifbar. Unberührbar. Der Handrücken, sanft die Wangen berührend. Die Fingerspitzen, langsam über die Lippen fahrend. Berührungen fanden nur in unserer Vorstellung statt. Unsichtbar. Eine unerreichbare Utopie des Herzens ergriff mich. Ein Durchleben, nicht erleben. Es lief immer wieder auf das gleiche Ende hinaus, welches nur der Anfang des Leides war. Jedes schmerzhafte Ende ist der Beginn des folgenden Leidens. Das Schicksal treibt einen um. Der Sinn ist eine durchdringliche Ungewissheit.

Vorstellungen existieren nur in unserer Phantasie. Meine winzige Existenz in diesem schier grenzenlosen Universum erdrückte mich. Diese Last dieser unendlichen Größe brach über mich zusammen. Eine nicht wahrnehmbare Existenz im All. Ich werde weder den Anfang noch das Ende von allem miterleben. Ich lebe nur dazwischen. In einem kaum wahrnehmbaren Abschnitt. Nicht weiter von Bedeutung. Nur mein eigenes Entstehen und Vergehen erlebe ich einmal durch. Es ist das einzige Mal. Es ist meine eigene kleine Endlichkeit, die mir im ganz Großen eher unbedeutend erscheint. Und doch hat meine bloße Existenz Auswirkungen. Das zumindest möchte ich glauben. Die zwei Dinge, die es immer wieder geben wird; sie sind genauso vorhanden wie die Ewigkeit selbst: Anfang und Ende. Und doch gibt es eine weitere Sache: die Dinge, die davor und danach wirken. Obwohl alles vergeht, verschwindet es nie so ganz. Unsere Handlungen, gar unsere reine Existenz haben Auswirkungen und diese Auswirkungen überdauern die Ewigkeit. Selbst wenn wir bereits längst vergessen sind, bleibt etwas von uns übrig.

Was ist tun, wenn das Schicksal dich immer wieder in seine Arme treibt? Ich laufe immer wieder davon und werde doch immer wieder eingeholt.

Das Warten. Ein unendliches Warten. Aus den Tagen werden Wochen. Aus den Wochen werden Monate und aus den Monaten schließlich Jahre. Das Leben zieht schnell an einem vorbei, während man wartet. Letzten Endes ist es an einem vorbeigezogen. Das Warten vor einem verschlossenen Tor, welches nie geöffnet wurde. Man fühlt sich das ganze Leben in einer kafkaesken Parabel gefangen, dessen Ende genauso wenig zufriedenstellend ist wie das Eigene.

Während der Warterei wendet man sich der Wahrsagerei zu, auf eine Zukunftsverheißung. Doch weder Nostalgie noch der Blick auf die Zukunft reicht aus um den Jetzt zu entfliehen. Warum fragen Menschen überhaupt danach? Sie wollen fliehen. Vor dem jetzigen Leben. Dabei ist es ihr einziger Besitz. Sie suchen das Glück in ihrem zukünftigen Schicksal, obwohl sie nicht mal ihr Jetziges angenommen haben. Wir befinden uns alle in einem Zustand aus Flucht und Verdrängung. Können nie die Dinge akzeptieren, wie sie sind. Es ist die

Sehnsucht nach einer Nicht-Zeit. Einer vergangenen oder noch bevorstehenden Zeit. Gegenwartsflucht. Die Zukunft erscheint die Gegenwart überwinden zu können. Die Abwesenheit von etwas in der Gegenwart soll durch die Anwesenheit dessen in der Zukunft ersetzt werden. Es schließt sich der Kreis des Wartens. Wir warten auf eine Nicht-Zeit. Eine Zukunft, die so nie eintrifft. Wir möchten nicht akzeptieren, dass diese erdachte, erbaute, erträumte Zukunft nie eintrifft. Die Realität wird immer ein Graben zwischen Vorstellung und Wirklichkeit sein. Es wird nichts weiter als ein aussichtsloses Warten sein.

Ich wurde aus meinen Tagträumen hinausgezerrt in die grelle Realität. Sie wurden still in der lauten Anonymität der Großstatdtuniversität. Ich sah ihn an mir vorbeilaufen. Er blickte mich geradeaus an. Und ging weiter. Von mir weg. Sollte ich ihn aufhalten? Ich kannte mein bereits mein Leben, wenn ich ihn jetzt gehen ließ. Ich wusste, ich würde ihn nicht aufhalten können. Er würde einfach weiterlaufen. Oder? Er verschwand hinter der nächsten Ecke. Dahinter verbargen sich unterschiedliche Abbiegungen. Welche er auch genommen hatte, ich hätte eine andere erwischt. Die Chance war vorbei und ich war wieder in der Ohnmacht meines Handelns gefangen Ich hatte ihn einfach gehen lassen. Er war gegangen und ich wusste, er kehrte nicht mehr zurück.

Nicht jeder hat das Glück einer großen Liebe. Ich hatte dieses Glück, auch wenn es eine weitestgehend unerfüllte große Liebe war. Und doch gibt es nichts, wofür ich dankbarer war, als die Liebe leben und lieben zu dürfen.

Jeden Tag konnte ich es spüren. Das fehlende Stück. Mein Leben war rund. Ein Kreis. Nur eine Ecke fehlte, um den Kreis zu vollenden. Ein Teil von mir, welches ich in der Wüste der Zeit suchte. Ein wolkenloser Himmel. Heiße Sonnenstrahlen trockneten den zunehmend erschlaffenden Körper aus. In der Ferne eine Oase. Die letzten Kräfte zehrten an mir, während ich mich versuchte dorthin zu bewegen. Aber je näher ich kam, desto mehr entfernte sie sich von mir. Ich ging näher und näher, doch sie blieb ferner und ferner. Nach endlosen Strapazen sackte ich zusammen. Die Knie schlugen den harten, heißen Sand und brannten sich dort ein. Die Oase war verschwunden. Nur eine Fata Morgana. Ich beobachtete, wie sich die Wüste neu formte. Der Wind blies neue Wege. Der feine Sand schaffte neue vergängliche Monumente aus Berge und Täler. Eine neue Richtung entstand. Ich nahm meine ganz verbliebende Lebenskraft zusammen und ging den neuen Weg. Bis hin zum lebendigen Wasser. Nur eine schrittlange Entfernung. Doch ich brach zusammen. Die Sonne hatte mich vollends ausgetrocknet.

Der Teil von mir blieb verloren. Vielleicht war es nichts weiter, wie die imaginäre Oase, die mich immer wieder in die falsche Richtung treiben ließ. Eine unerreichbare Hoffnung in der kargen Wüstenlandschaft. Mir fehlte nur dieses eine Stück um ein Kreis zu sein. Ich war nichts weiter als eine unvollendete Vollendung.

Du warst die Liebe meines Lebens. Du bist die Liebe meines Lebens. Du wirst die Liebe meines Lebens sein. Obwohl du kein aktiver Teil meines Lebens bist. Aber deine passive Anwesenheit reicht aus. Die Erinnerung, die du hinterlassen hast reicht aus. Mein Körper ist in diesem Raum, während mein Herz ganz woanders ist. Es ist immer bei dir. Weicht dir nie von der Seite. Es ist der treue Begleiter deines Lebens. Während du einer anderen in die Augen blickst und ihr die ewige Treue schwörst. Liebt sie dich genauso? Die Liebe verschluckt mich unverdaut hinunter.

Wir alle lieben unterschiedliche Menschen auf unterschiedliche Weisen. Zu dir ist es etwas Grenzenloses, Allumfassendes, welches alles übersteigt. Das volle, ganze Herz sprengt den Rahmen der Liebe, wächst über sich hinaus, fliegt davon. Keine Worte können diese Liebe jemals einfangen. Eine große Liebe, die mit dem Leben stirbt.

Spürst du sie auch? Kannst du fühlen, was ich fühle? Diese unfassbare Liebe, die ich bloß für dich empfinde. Geht es hier eigentlich wirklich um dich oder bin ich es?

Du läufst vor mir weg. Ich sehe dir beim Weglaufen zu, während ich nur dastehe.

Die Leere in mir. Verzweifeltes Füllen. Ewiges Drehen. Zielloses Umherirren. Kein Ankommen. Kein Entkommen. Lieben. Verzweifeln. Nie vergessen. Ein Gehen. Ein Bleiben. In Einsamkeit.

Ohne es zu wollen, ging mein Leben weiter. Fast so als wäre nichts geschehen. Einzig meine Erinnerung war geblieben. Ich machte sie lebendig. Wer war der Fremde, der mitten in der Nacht an meiner Türe klingelte? Die Vernunft sagte nein, die Hoffnung ja. Ich ließ die

Türe verschlossen.

Plötzlich war sie da: die gläserne Zerstreuung. Feine Risse in dem Glas, welches mein Sichtfeld durchzieht. Milchige Streifen im hellen, grellen Licht.

Ich wusste es und wollte es doch nicht wahrhaben; wenn er was von mir wollen würde, hätte er sich schon längst bei mir gemeldet.

Sie sah ihn überall. In der Bahn, beim Einkaufen, beim Sport, … Jedes Mal spürte sie das aufgeregte Anspannen ihres Körpers und das enttäuschte Lockerlassen, wenn sie erkannte, dass es nicht er war.

Einmal dachte sie ihn von Hinten zu sehen. Das Logo seiner Lieblingsserie zierte seinen Rücken. Ihr Herz pochte wie wild gegen ihre Brust. Sie ging etwas weiter weg an ihm vorbei, ohne ihn anzusehen. Schließlich setzte sie sich auf eine Bank um die Ecke und dachte nach, während sie auf ihrem mitgenommenen Essen herumkaute. Mit jedem Bissen verfestigte sich ihr Entschluss. Sie würde ihn ansprechen. Einfach so. Nachdem sie das letzte Stück hinuntergeschluckt hatte, stand sie auf. Sie nahm zittrig ihre Tasche. Ihr Herz klopfte immer noch einen Marathon. Sie ging um die Ecke, direkt auf ihn zu. Doch er war es nicht. Eine leichte Ähnlichkeit bestand, aber in seinem Gesicht lag nichts vertrautes. Ihre

Schultern sackten leicht nach unten und sie ging weiter ihren Weg.

Viele Menschen sagen, die Zeit heile alle Wunden. Es ist eine Lüge, der Schmerz wird lediglich erträglicher. Die Wunden bluten weiter und weiter, sodass ich kaum glauben konnte, dass sich auch nur ein Tropfen Blut in meinem Körper befinden konnte. Es hörte nicht auf, ich lebte nur damit. Das ist alles. Ich atme ein und wieder aus. Gehe meine Wege. Aber mein Herz fühlte sich genauso an, wie am ersten Tag. Die Kälte und Leere, die mit seiner Abwesenheit einherging. Eine immer wieder aufplatzende, nie heilende Wunde, die mich schmerzhaft an alles erinnerte. Bildet sie mal eine leichte Kruste, kratzt eine kurze Begegnung sie wieder auf.

Jeder Mensch hat Narben. Manche davon sind sichtbar, andere hingegen werden gar nicht bemerkt. Bloß ich spürte mein vernarbtes Herz.

Ich hatte einen Traum. Ich wollte zurück in den Zug steigen, doch da kam er zu mir gerannt und küsste mich. Leidenschaftliches Leben lag in diesem Kuss. Nachdem sich seine Lippen von meinen gelöst hatten, sagte er zu mir, wir sollten abhauen. Die Nacht, den Moment, das Leben nutzen. Es spielte keine Rolle, dass ich meinen letzten Zug nach Hause verpasse. Denn ich würde mit ihm unterwegs sein. Also stiegen wir gemeinsam in den nächsten Zug mit dem

Ziel kein Ziel zu haben.

Das Gefangensein in einem Selbst ist sowohl das Schönste als auch das Schlimmste auf dieser Welt. Wer wären wir, wenn wir nicht in uns selbst gefangen wären? Es ist die Beständigkeit der Gefangenheit, die uns ein leben lang begleitet. Gefangen in uns selbst, laufen wir frei durch die Welt.

Die Vergangenheit ist eine Silhouette. Ich erinnerte mich an den letzten Anblick. Die wilde See verschluckte mich. Zuerst langsam bis sie mich plötzlich in ihre Tiefe zog. Während sich meine Brust stetig mit Wasser füllte, erhaschte ich einen letzten Blick auf die Silhouette, die in der strömenden Dunkelheit immer mehr verschwand ohne auch nur einmal zu mir zurückzuschauen. Kurz vor dem Ertrinken kam ein Boot, welches mich vor dem Ertrinken rettete. Meine Rettung. Ich dankte dem Besitzer mich gerettet zu haben. Wir fuhren in Richtung Hafen. Je näher wir kamen, desto mehr wurde mir bewusst, dass ich mich verabschieden musste. Nachdem ich Abschied genommen hatte, schwamm ich das letzte Stück zum Hafen alleine. Das dunkle, gebrochene Blau färbte sich heller. Ich betrat das erste Mal sicheren Boden, als ich dort ankam.

Ein erneuter Wendepunkt, der nichts anderes als ein erneutes Drehen im endlosen Kreis war.

Obwohl ich diese Straßen hunderte, vielleicht sogar tausende Male, ich hatte es nie gezählt, entlang gegangen war, sah ich immer wieder nur das eine Mal, als ich mit ihm dort entlang gegangen war. Dieses eine Mal, wo sich unsere Silhouetten Hand in Hand auf die verglaste Tür zubewegten. Als es noch ein Zusammensein gab. Doch jetzt ist es noch verblasster als unsere Glassilhouetten. Trotzdem dachte ich nur an dieses eine Mal, wenn ich die Straße entlang ging. Die Erinnerung war mein Begleiter, mein Verfolger. Sie erschien mir überall.

Ich hatte statt ihn mich selbst betrogen.

Ich flüchtete vor der Liebe statt mich ihr zu stellen. Doch die Liebe findet einen immer. Liebe ist keine Entscheidung, sie ist eine Begegnung. Und er war meine ständige Begegnung. Je mehr ich davonlief, desto mehr fand sie mich und traf mich mitten ins Herz. Ohne Zögern, ohne Erbarmen. Sie macht vor nichts Halt. Stattdessen erinnert sie einen an Leben und Tod. Sie verwelkt in der Vergänglichkeit und blüht in der Ewigkeit. Sie verfolgte mich solange bis ich sie endlich akzeptierte.

Die Welt ist voller Menschen. Leute aus der Vergangenheit, die in meiner Gegenwart auftauchen und mir von dir erzählen. Von deiner neuen Liebe. Dabei habe ich sie nicht mal danach gefragt.

Würde lieber in der naiven Ungewissheit leben. Der Wunsch nach einer Weltflucht. In der ich mich nicht der Realität stellen muss, in der mich alle an dich erinnern. Du bist ein Phantom. Ständig bist du da und alle erwarten, dass ich dich endlich vergesse. Aber die unbegrenzte Möglichkeit der Begegnungen versperrt mir den Weg des Vergessens.

Es gab weder ein Vor noch ein Zurück. Nur ein Bleiben.

Wie sehr ich mir wünschte, er wäre noch da. Noch ein Wort, ein Kuss. Die Zeit zurückdrehen. So tun, als wäre nie etwas passiert. Wieso geht das nicht? Die Vergangenheit ist bereits geschehen. Die

Träume der Zukunft noch nicht gelebt. Nur im Hier und Jetzt kann das Leben gelebt werden. Man könnte.... Aber diesen einen Schritt will man nicht gehen. Egal, was man macht. Nichts lässt sich ungeschehen machen. Irgendwo ist man in die Irre gelaufen. Jetzt schaut man gegen eine Wand. Hier geht es nicht weiter. Eine unüberwindbare Mauer, die einen von dem trennt, was man eigentlich will. Doch wohin? Zurück? Doch da ist nichts mehr. Gefangen in einer vertrauten Umgebung. Trotzdem fühlt man sich fremd. Fehl am Platz. Wo geht der Weg noch hin, wenn er nicht mehr weiterführt? Vielleicht sollte man den neuen Weg gehen, den man gefunden hat. Ist man dort glücklicher? Oder verläuft man sich noch mehr? Schließlich ist man vom eigentlichen Weg abgekommen. Wo führt das Leben einen hin? Die Biegung steht direkt vor einem, doch das Ziel ist nicht erkennbar. Welchen Weg schlägt man an dieser Gabelung ein, wenn das Ziel ungewiss ist? Oder sollte diesem Weg hier ein Ende gesetzt werden? Nur den einsamen, abwegigen Trampelpfad folgen, der einen von der Gabelung wegführt. Wohin? Wohin in diesem Leben? Vielleicht begeht man die anderen Wege im nächsten Leben. Oder ist sie bereits im Letzten gegangen. Nirgendwo ist das Ziel erkennbar. Verschwommen und verloren in der ewigen Einsamkeit, die einen bevorstehen könnte. Was würde ich geben für all das. Um alles noch einmal erleben zu dürfen. Jeden einzelnen

Moment noch einmal erleben. Jeden einzelnen Augenblick auskosten. Berührungen spüren. Das Leben fühlen. Es gibt nur dieses Eine. Das Einzige. Was will ich dort? Habe mich verlaufen und kann nicht mehr meinen Weg finden. Er bleibt vor mir verborgen. Irgendwo dort muss er sein. Doch kann ihn nicht mehr finden. Vermisse jeden einzelnen Moment. Sehne mich nach etwas, was ich für immer verloren habe. Nie wieder. Verloren in der Vergangenheit. Gegangen im Strudel der Zeit; zieht mich hinein; komme nicht mehr von alleine raus. Wo bist du? Wie kriege ich unsere Liebe wieder? Nie wieder! Nie wieder! Ich möchte es so sehr, aber es kommt nie wieder. Verloren im Strudel der Zeit. Wo sind wir, wenn es kein Wir mehr gibt?

Wo? Wie? Wann? Es war einmal. Es gibt sie nicht mehr.

Die Splitter der Vergangenheit hafteten an mir. Alles wird eines Tages zerbrechen.

Kann man etwas finden, was schon gefunden, aber wieder verloren wurde?

Das Ende

Es trat die Episode *Brautkleid* in ihr Leben ein. Der wohl süßester Schmerz verlorener Liebe, die sich durchleben musste. Der Ursprung dieser Geschichte lag bereits einige Jahre zurück. Es war eine gemeinsame Shoppingtour mit ihrer besten Freundin. Sie gingen in diesen einen Klamottenladen um etwas nachzufragen. Sie sah den Verkäufer und wusste, ohne ein Wort darüber zu verlieren, dass ihre beste Freundin diesen Mann heiraten würde. Ihre beste Freundin war zu dieser Zeit in einer Beziehung, so dass Jahre vergingen bis sie ihn irgendwann zufällig traf. Sie waren wieder gemeinsame Besorgungen machen und gingen ohne jegliche Hintergedanken in den Laden und da stand er. Er schien keinen Tag älter geworden zu sein. Danach nahm die Geschichte ihren Lauf und alles ging mit einer Leichtigkeit dahin. Ein Jahr verging, als er ihr schließlich einen Antrag machte. Mit großer Vorfreude begleitete sie ihre beste Freundin zum Brautmodengeschäft. Ihre beste Freundin stand an diesem Tag im Mittelpunkt, so wie es sich gehörte. Trotzdem erwischte sie sich heimlich dabei, nach Brautkleidern Ausschau zu halten, die sie an solch einem Tag tragen würde. Auch wenn jener Mann mit jenem Antrag in einer unerreichbaren Ferne lag. Und da sah sie es. Es hing einsam und unauffällig in einer Ecke herum. In ihrem Kopf machte sich die Vorstellung von sich in dem Kleid breit. Mit leichter Sehnsucht berührte sie leicht seufzend das Kleid. Ihre beste Freundin bemerkte es. Das Kleid entsprach nicht ihrem Geschmack, aber sie bemerkte das wehmütige Glitzern in ihren Augen.

„Probier es an!", forderte sie auf.

„Aber heute ist dein Tag." Ihre beste Freundin schüttelte nur mit dem Kopf und drückte ihr das Kleid in die Hand. Dann machte sie eine Handbewegung, die in Richtung Umkleidekabine deutete. Die Verkäuferin half ihr in das Kleid. Und als sie sich im Spiegel sah, konnte sie nicht anders, als sich den Blick von ihm vorzustellen. Wie er den Blick über ihr Kleid und anschließend auf sie richten würde. Wohlwissend mit der Frau sein Leben verbringen zu wollen.

Sie zog das Kleid wieder aus und es wurde zurück in die unscheinbare Ecke gehängt. Ihre beste Freundin hatte bereits ein Kleid gefunden. Sie sah bezaubernd aus und sie wusste, dass ihre beste Freundin eben diesen wohlverdienten Blick bekommen würde.

Es war die Zeit, in der sie wieder in ihren Geburtsort zurückzog. Ihr entwurzeltes Ich wollte sich wieder erdigen. Das war der Anlass, warum sie an jenem Tag in die Stadt zum Bürgeramt ging: um sich umzumelden. Von den meisten Leuten wusste sie nicht, was aus ihnen geworden war und welches Leben sie führten. Auch nicht von ihm. Doch an jenem Tag erfuhr sie es. Sie sah das Rathausgebäude und ging darauf zu. Etwas entfernter auf dem Rathausplatz hatten sich einige Gäste in schicker Kleidung versammelt. Sie ging von einer Hochzeitsgesellschaft aus, die sich vor dem Standesamt versammelt hatte, nahm sie aber gar nicht richtig war. Stattdessen betrat sie das Gebäude, wo sie sich ummeldete. Sie hatte eine gefühlte Ewigkeit mit Warten verbracht, während sie die bereits zerknitterte Wartemarke in ihren Händen hielt bis sie schließlich aufgerufen wurde. Eine entspannte, wenn auch nicht gerade fröhliche Frau saß dort. Sie spürte eine Woge der Erleichterung, als sie sich hier beworben hatte und abgelehnt wurde. Hier wäre sie nicht glücklich geworden. Sie wäre nie sie selbst gewesen. Die Absage bewahrte sie vor der Eintönigkeit, den dieser Beruf für sie zu haben schien.

Nachdem sie alle Formalitäten erledigt hatte, trat sie aus dem Rathaus heraus. Das graue, deprimierende Wetter ließ alles Trist erscheinen. Sie wartete nur darauf, dass der Himmel anfing zu weinen. Als sie weiterging kam der Moment, den sie nie vergessen würde. Reiskörner überschütteten das frische getraute Paar, welches aus dem Standesamt trat und die Treppen hinunterschritt. Sie wollte sich für die beiden freuen, als sie plötzlich ihn erkannte. Er war älter geworden. Und doch sah sie in ihm immer noch die gleiche Person, die er immer gewesen war. Genauso hatte sie ihn sich an seinem Hochzeitstag vorgestellt. Nur, dass die Braut nicht in ihre Vorstellung passte. Als sie diese sah, blieb sie stehen und starrte sie an. Sie trug jenes Hochzeitskleid, welches sie anprobiert hatte. Alles stimmte. Der Mann, das Kleid, nur die Braut war eben nicht sie. Sie erinnerte sich, wie sie jenes Kleid zurück in die unscheinbare Ecke gehängt hatte. So wie sie den Laden verlassen hatte, mit jener Gewissheit, dass sie nie dieses Kleid tragen würde, so hatte er sie verlassen mit der Gewissheit nie wieder zu ihr zurückzukehren. Sie sah die falsche Braut mit dem richtigen Kleid. Es schien alles in Zeitlupentempo abzulaufen, dabei war es bloß eine Zeitraffung. Als er sie schließlich erblickte, starrte er sie an. Für diesen einen Moment trafen sich wieder ihre Blicke. Diesmal war zum ersten Mal sie es, die sich umdrehte und weglief. Weit genug weg fing sie an zu weinen und der Himmel tat es ihr gleich.

Später fragte sie sich rückblickend, ob er sie schon vor der Trauung gesehen hatte, als die Gäste noch draußen standen und sie auf dem Rathausplatz langgegangen war. War er dort gewesen und hatte sie gesehen? Wenn ja, was ging ihm dann durch den Kopf. Ob er sich kurz fragte, was, wäre wenn. Was wäre, wenn sie nicht dort draußen langginge, sondern drinnen auf ihn wartete. Als seine Braut.

Bereute er es für einen kurzen Augenblick nicht sie geheiratet zu haben, als sich ihre Blicke trafen? Oder aber war vollends glücklich mit der Entscheidung, die er getroffen hatte? Sie würde es nie erfahren.

Sie setzte sich seit einigen Jahren für den Tier- und Naturschutz ein. Dabei begegneten ihr viele Menschen mit unterschiedlichen Perspektiven. Einmal unterhielt sie sich mit einem Baggerfahrer, der sein Leben lang nichts anderes machte als Kohle abzubauen. Es war eine zufriedenstellende Tätigkeit für ihn und er hätte sie am liebsten bis zum Ende seines Lebens fortgeführt. Sein Betrieb gehörte zu den letzten noch Laufenden bis schließlich der

Kohleabbau eingestellt wurde. Als dieser schloss, blickte er ein letztes Mal auf sein Lebenswerk. Eine braune Wüste. Vielleicht lag es am Wind, vielleicht hatte sich aber auch einfach tatsächlich Tränen in seinen sonst staubtrockenen Augen gebildet. Es war ihre letzte Begegnung mit ihm.

Keine drei Monate später verließ ihn seine Frau. Die versprochene Abfindung ließ auf sich warten. Schließlich nahm er sich das Leben.

Sie sah in den gerodeten Wald. Den Großteil ihrer Kindheit hatte sie dort verbracht. Das matschige Spielen im raschelnden Hintergrund. Über den Bach hinüber. Hin und her gehopst.

Nun sah sie die kahle Landschaft. An dieser Stelle sollte ein neuer Windpark entstehen. Eine Träne lief über ihre Wange. Was würde ihr Lebenswerk sein?

Als sie ihre letzten Atemzüge, erinnerte sie sich. Sie war schon einmal gestorben. Sie überlebte. Aber als sie zurückblickte, erkannte sie die Wahrheit: Ein Teil von war wirklich gestorben. Dieser Teil wurde nie wieder lebendig. Während sie im Sterben lag, konnte sie erst richtig sehen. Der fehlende Teil ihres Lebens war bereits Tod. Sie hatte ihr Leben lang nach etwas Totem gesucht. Nun würde auch ihr restlicher Teil sterben. Sie würde endlich ein Kreis sein. Ihre Augen fielen langsam zu und das ewige Schwarz nahm sie auf.

Das Letzte, was sie in diesem Leben sah, war das ewig jung gebliebene Gesicht ihrer großen Liebe vor ihrem geistigen Auge.

Epilog

Zur gleichen Zeit, als sie ihren letzten Atemzug aushauchte, trat eine alte Frau, seine Mutter, an den Briefkasten. Sie warf mit leicht zittrigen Händen einen längst vergessenen Brief hinein, den sie zwischen seinen Sachen gefunden hatte. Er wurde vor etwas weniger als vierzig Jahren von ihm geschrieben und würde seine Adressatin nie mehr erreichen. Er blieb vergessen und verloren in der Zeit.

Liebe Lotte,

ich weiß nicht, wo und wie ich anfangen soll. Vermutlich am Anfang. Es ist schwer das zu sagen. Aber ich konnte dich nie so lieben, wie du mich. Deine allumfassende Liebe hat mich erdrückt. Sie war zu groß für mich. Sie entsprach nicht meinen Gefühlen. Es tut mir leid, wenn ich dir das nie geben konnte. Ich hoffe, du wirst glücklich werden.

Manche Wege sind dafür bestimmt sich zu kreuzen und sich früher oder später wieder zu trennen. Unser Weg gehört dazu. Ich bin sicher, du wirst jemanden finden, der dich mehr liebten wird, als ich es je konnte.

X.